Die spanische Redensart „sich verloren fühlen wie eine Ente in der Garage" regte das Materialtheater Stuttgart zusammen mit dem Zeichner Robert Voss an, das Buch „Ezzas Laden" und das Theaterstück „Georg in der Garage" gemeinsam zu entwickeln. Während im Buch der Schwerpunkt auf Ezzas Laden und seinen Kunden liegt, steht im Theaterstück die Beziehung von Ezza und Georg im Mittelpunkt.

Die Schauspielerin, Puppenspielerin und Autorin **Sigrun Nora Kilger**, geboren 1963 in Ulm, gehört zu den bekanntesten Vertreterinnen der deutschen und internationalen Figurentheaterszene. 1985 gründete sie das Materialtheater Stuttgart. Bislang fast ausschließlich für Erwachsene entstanden unter anderem „Paradise Now", „Super 8", „Die Weißnäherin", „Flöten und Töten" und „Warten auf Bill Gates". „Georg in der Garage" ist Sigrun Kilgers zweites Stück für Kinder.

Seit 1997 gehört der Schauspieler, Regisseur und Autor **Alberto García Sánchez** zum Materialtheater Stuttgart. Geboren 1959 in Barcelona, lebt und arbeitet er seit 1989 in Brüssel. Zahlreiche Gastspiele führten ihn nach Südamerika, Frankreich, Belgien, Österreich, Spanien, Italien und in die Schweiz (u.a. Festival de Théâtre Européen de Grenoble '99, Festival d' Avignon '99).

Seit vier Jahren arbeitet das Materialtheater Stuttgart mit dem Grafiker **Robert Voss** zusammen. Geboren 1970 in Halle (Saale), war er nach dem Kunststudium zunächst als Grafiker und Bühnenbildner am Puppentheater Halle tätig. Seit 2003 arbeitet er als freiberuflicher Maler, Grafiker, Illustrator und Autor vorwiegend für unterschiedliche Theater und freie Gruppen.

ISBN 3-00-013539-1
© edition materialtheater Stuttgart · Halle (Saale) · Bruxelles, 2004
Alle Rechte vorbehalten.
Idee: Sigrun N. Kilger, Robert Voss und Alberto García Sánchez
Illustrationen und Gestaltung: Robert Voss
Gesamtherstellung: druckfabrik halle GmbH
Wir bedanken uns für die freundliche Unterstützung durch das Kulturamt der Stadt STUTTGART | und durch die druckfabrik halle GmbH.
Printed in Germany

Sigrun Nora Kilger   Robert Voss   Alberto García Sánchez

EZZAS LADEN

(Dürfen wir anfangen? Gut.) **Hier sind Ezza und Georg.**

Jeden Morgen öffnen sie ihren Laden, genau in der Mitte der großen Kreuzung: Ezzas Änderungszauberei, en gros & en detail.
Ob große oder kleine Dinge: du kannst dort hingehen, wenn du an dir etwas umändern oder besser umzaubern lassen möchtest.
Du wirst sehen, Ezza ist eine sehr weise und erfahrene Änderungszauberin.

Als erster kommt heute Kuno in den Laden. „Wenn du einen Wunsch hast, sag's einfach, ich tu's einfach", sagt Ezza. Kuno ist ein wenig verlegen. „Ich suche Arbeit als Wachhund, und keiner hat Angst vor mir." – „Aber bitte, wir finden sogleich eine Lösung!" Ezza muß nie lange überlegen.

Fünf Minuten später ist Kuno sehr zufrieden. „Danke, Ezza! Mit diesen Zähnen habe ich sogar vor mir selber Angst", sagt Kuno ein wenig undeutlich und geht eilig aus dem Laden.

Der nächste Kunde hat ein überaus großes Problem. „Ezza, ich möchte ein richtiger Matrose sein, bin aber nur Matruse. Hast du einen Filzstift?"

Als der Matrose geht, kommt Bäcker Amande herein. "Sie waren lange nicht bei uns", begrüßt ihn Ezza. "Dafür ist es jetzt um so dringender", flüstert der Bäcker "Ich bin verliebt." – "Wie schön", sagt Ezza nur.

„Ja aber…" – „Was aber?", fragt Ezza freundlicher noch als sonst, und Herr Amande holt sehr tief Luft. „Ich möchte so gern etwas Besonderes sein, dann wird sie mich vielleicht…" – „Kein Problem!", ruft Ezza. „Fangen wir an!"

„Sind Sie sicher?", fragt Herr Amande nach einer Weile. Ezza ist sich absolut sicher. „Doch, doch, das ist etwas Besonderes, es steht Ihnen ausgezeichnet. Sie können das Haar natürlich auch offen tragen."

„Sehr schön", sagt Herr Amande, als er über die Haare stolpert. „Aber probieren Sie doch bitte noch etwas anderes. Ich wäre lieber etwas schlanker." – „Wie Sie wünschen", sagt Ezza. „Das ist sehr in Mode."

Herr Amande ist nicht ganz überzeugt. „So passt niemand außer mir ins Bild."

„Dann probieren wir etwas, das sich nicht so leicht verknotet", sagt Ezza. „Da bin ich erleichtert", antwortet Herr Amande. „Leichter!", ruft Ezza sehr erfreut. „Das ist es! Ihre Ideen sind einfach großartig!"

Sanft stößt sich Herr Amande vom Boden ab. „Ich fühle mich wunderbar, sehr poetisch. Aber bedenken Sie, man könnte mich für ein Gespenst halten. Ich möchte die Kinder nicht erschrecken."

„Möglicherweise haben Sie recht", räumt Ezza ein. „Aber mir kommt noch eine ganz andere Idee. Kinder mögen Süßes, nicht wahr? Übrigens: Möchten Sie einen einen Keks?" – „Danke, ich bin Bäcker, ich esse keine Kekse."

Der Bäcker hat viel Geduld. „Ezza, ich mag Kinder, aber vielleicht sollten sie sich von etwas Gesünderem ernähren."

„Gesünder!" Ezza kommt in Fahrt. Sie weiß, was sich für eine gute Änderungszauberin gehört. „Ich glaube, jetzt habe ich das Richtige für Sie! Es ist ganz einfach…"

Herr Amande versucht, an etwas sehr Schönes zu denken. „Ach, jetzt bin ich durcheinandergekommen", sagt Ezza. „Aber ich finde, die Richtung stimmt."

„Also mich würde das sehr beeindrucken", sagt Ezza. Aber Herrn Amande verläßt langsam der Mut. „Der Löwe riecht ein bißchen streng", sagt er.

„Wenn Ihnen das auch nicht zusagt, dann kann ich nicht helfen, fürchte ich." Ezza ist ein wenig erschöpft. „Wir sollten kurz nach draußen gehen, ein wenig frische Luft täte uns allen gut", fügt sie hinzu.

„Vielen Dank für Ihre Mühe, aber das Auto stiiiiiinkt aaaaaaaaaaaaauuuuuuuuuch…!!!"

Herr Amande schafft es tatsächlich, wieder zurückzukommen. „Ich habe noch ein ganz altes Rezept von meiner Großmutter, wie wäre es damit?", ruft Ezza schnell, bevor der Bäcker etwas sagen kann.

„Herr Amande, was halten Sie von einem Bäckerkostüm? Bäcker sind immer seeeeehr beliebt." Ezza ist mit ihrer Kraft fast am Ende. Früher waren Bäcker nicht so wählerisch, denkt sie. Doch dann, kaum zu glauben…

„Das passt! Es ist großartig! Das nehme ich!" Fröhlich und sehr eilig verlässt Herr Amande Ezzas Änderungszauberei. Das Leuchten, das ihn plötzlich umgibt, ist Ezza aus Versehen ins Rezept gerutscht. Oder doch nicht?

„Ezza, hör mal", sagt Georg am Abend, nachdem sie ihren Laden geschlossen haben. „Die drei Federn hier, die möchte ich in Rot, bitte. Und so ein Leuchten dazu, wie bei Bäcker Amande."

„Bist du denn verliebt?", fragt Ezza erstaunt.